Miguel de Cervantes Saavedra

El juez de los divorcios

Barcelona 2024
Linkgua-ediciones.com

Créditos

Título original: El juez de los divorcios.

© 2024, Red ediciones S.L.

e-mail: info@Linkgua-ediciones.com

Diseño de cubierta: Michel Mallard.

ISBN rústica ilustrada: 978-84-9816-367-4.
ISBN ebook: 978-84-9953-103-8.

Sumario

Brevísima presentación

La vida

Miguel de Cervantes Saavedra (Alcalá de Henares, 1547-Madrid, 1616). España.

Era hijo de un cirujano, Rodrigo Cervantes, y de Leonor de Cortina. Se sabe muy poco de su infancia y adolescencia. Aunque se ha confirmado que era el cuarto entre siete hermanos. Las primeras noticias que se tienen de Cervantes son de su etapa de estudiante, en Madrid.

A los veintidós años se fue a Italia, para acompañar al cardenal Acquaviva. En 1571 participó en la batalla de Lepanto, donde sufrió heridas en el pecho y la mano izquierda. Y aunque su brazo quedó inutilizado, combatió después en Corfú, Ambarino y Túnez.

En 1584 se casó con Catalina de Palacios, no fue un matrimonio afortunado. Tres años más tarde, en 1587, se trasladó a Sevilla y fue comisario de abastos. En esa ciudad sufrió cárcel varias veces por sus problemas económicos y hacia 1603 o 1604 se fue a Valladolid; allí también fue a prisión, esta vez acusado de un asesinato. Desde 1606, tras la publicación del Quijote, fue reconocido como un escritor famoso y vivió en Madrid.

El 12 de diciembre de 1584, Cervantes contrajo matrimonio con Catalina de Salazar y Palacios en el pueblo toledano de Esquivias. Catalina era una joven que aún no había cumplido veinte años y que aportó una pequeña dote. Tras dos años de matrimonio, Cervantes se separó y comenzó sus extensos viajes por Andalucía sin haber tenido hijos. Cervantes nunca habló de su esposa en sus diversos textos autobiográficos, a pesar de ser él quien estrenó en la literatura española el tema del divorcio con este entremés en el que varios matrimonios se presentan ante un juez y explican las causas de sus peticiones de ruptura.

Acto único

Personajes

El Juez
El Vejete
Mariana, su mujer
El Escribano
El Procurador
Un Soldado
Doña Guiomar
Un Cirujano
Aldonza de Minjaca
Un Ganapán
Dos músicos

El juez de los divorcios

(Sale el Juez, y otros dos con él, que son Escribano y Procurador, y siéntase en una silla; salen el Vejete y Mariana, su mujer.)

Mariana	Aun bien que está ya el señor juez de los divorcios sentado en la silla de su audiencia. Desta vez tengo de quedar dentro o fuera; desta vegada tengo de quedar libre de pedido y alcabala, como el gavilán.
Vejete	Por amor de Dios, Mariana, que no almonedees tanto tu negocio: habla paso, por la pasión que Dios pasó; mira que tienes atronada a toda la vecindad con tus gritos; y, pues tienes delante al señor juez, con menos voces le puedes informar de tu justicia.
Juez	¿Qué pendencia traéis, buena gente?
Mariana	Señor, ¡divorcio, divorcio, y más divorcio, y otras mil veces divorcio!
Juez	¿De quién, o por qué, señora?
Mariana	¿De quién? Deste viejo que está presente.
Juez	¿Por qué?

Mariana	Porque no puedo sufrir sus impertinencias, ni estar contino atenta a curar todas su enfermedades, que son sin número; y no me criaron a mí mis padres para ser hospitalera ni enfermera. Muy buen dote llevé al poder desta espuerta de huesos, que me tiene consumidos los días de la vida; cuando entré en su poder, me relumbraba la cara como un espejo, y agora la tengo con una vara de frisa encima. Vuesa merced, señor juez, me descase, si no quiere que me ahorque; mire, mire los surcos que tengo por este rostro, de las lágrimas que derramo cada día por verme casada con esta anotomía.
Juez	No lloréis, señora; bajad la voz y enjugad las lágrimas, que yo os haré justicia.
Mariana	Déjeme vuesa merced llorar, que con esto descanso. En los reinos y en las repúblicas bien ordenadas, había de ser limitado el tiempo de los matrimonios, y de tres en tres años se habían de deshacer, o confirmarse de nuevo, como cosas de arrendamiento; y no que hayan de durar toda la vida, con perpetuo dolor de entrambas partes.

Juez	Si este arbitrio se pudiera o debiera poner en prática, y por dineros, ya se hubiera hecho; pero especificad más, señora, las ocasiones que os mueven a pedir divorcio.
Mariana	El invierno de mi marido y la primavera de mi edad; el quitarme el sueño, por levantarme a medianoche a calentar paños y saquillos de salvado para ponerle en la ijada; el ponerle, ora aquesto, ora aquella ligadura, que ligado le vea yo a un palo por justicia; el cuidado que tengo de ponerle de noche alta cabecera de la cama, jarabes lenitivos, porque no se ahogue del pecho; y el estar obligada a sufrirle el mal olor de la boca, que le güele mal a tres tiros de arcabuz.
Escribano	Debe de ser de alguna muela podrida.
Vejete	No puede ser, porque lleve el diablo la muela ni diente que tengo en toda ella.
Procurador	Pues ley hay que dice, según he oído decir, que por solo el mal olor de la boca se puede descasar la mujer del marido, y el marido de la mujer.
Vejete	En verdad, señores, que el mal aliento que ella dice que tengo, no se engendra

de mis podridas muelas, pues no las tengo, ni menos procede de mi estómago, que está sanísimo, sino desa mala intención de su pecho. Mal conocen vuesas mercedes a esta señora, pues a fe que, si la conociesen, que la ayunarían o la santiguarían. Veintidós años ha que vivo con ella mártir, sin haber sido jamás confesor de sus insolencias, de sus voces y de sus fantasías, y ya va para dos años que cada día me va dando vaivenes y empujones hacia la sepultura; a cuyas voces me tiene medio sordo, y, a puro reñir, sin juicio. Si me cura, como ella dice, cúrame a regañadientes; habiendo de ser suave la mano y la condición del médico. En resolución, señores: yo soy el que muero en su poder, y ella es la que vive en el mío, porque es señora, con mero mixto imperio, de la hacienda que tengo.

Mariana   ¿Hacienda vuestra? Y ¿qué hacienda tenéis vos, que no la hayáis ganado con la que llevastes en mi dote? Y son míos la mitad de los bienes gananciales, mal que os pese; y dellos y de la dote, si me muriese agora, no os dejaría valor de un maravedí, porque veáis el amor que os tengo.

Juez	Decid, señor: cuando entrasteis en poder de vuestra mujer, ¿no entrasteis gallardo, sano y bien acondicionado?
Vejete	Ya he dicho que ha veintidós años que entré en su poder, como quien entra en el de un cómitre calabrés a remar en galeras de por fuerza; y entré tan sano, que podía decir y hacer como quien juega a las pintas.
Mariana	Cedacico nuevo, tres días en estaca.
Juez	Callad, callad, nora en tal, mujer de bien, y andad con Dios, que yo no hallo causa para descasaros; y, pues comisteis las maduras, gustad de las duras; que no está obligado ningún marido a tener la velocidad y corrida del tiempo, que no pase por su puerta y por sus días; y descontad los malos que ahora os da, con los buenos que os dio cuando pudo; y no repliquéis más palabra.
Vejete	Si fuese posible, recebiría gran merced que vuesa merced me la hiciese de despenarme, alzándome esta carcelería; porque, dejándome así, habiendo ya llegado a este rompimiento, será de nuevo entregarme al verdugo que me martirice; y si no, hagamos una cosa: enciérrese ella en un monasterio y yo en otro;

partamos la hacienda, y desta suerte podremos vivir en paz y en servicio de Dios lo que nos queda de la vida.

Mariana

¡Malos años! ¡Bonica soy yo para estar encerrada! No sino llegaos a la niña, que es amiga de redes, de tornos, rejas y escuchas, encerraos vos, que lo podréis llevar y sufrir, que ni tenéis ojos con que ver, ni oídos con que oír, ni pies con que andar, ni mano con que tocar: que yo, que estoy sana, y con todos mis cinco sentidos cabales y vivos, quiero usar dellos a la descubierta, y no por brújula, como quínola dudosa.

Escribano

Libre es la mujer.

Procurador

Y prudente el marido; pero no puede más.

Juez

Pues yo no puedo hacer este divorcio, quia nullam invenio causam.

(Entra un Soldado bien aderezado y su mujer, doña Guiomar.)

Guiomar

¡Bendito sea Dios!, que se me ha cumplido el deseo que tenía de verme ante él a presencia de vuesa merced, a quien suplico, cuan encarecidamente puedo, sea servido de descasarme déste.

Juez	¿Qué cosa es déste? ¿No tiene otro nombre? Bien fuera que dijérades siquiera: "deste hombre".
Guiomar	Si él fuera hombre, no procurara yo descasarme.
Juez	Pues, ¿qué es?
Guiomar	Un leño.
Soldado [Aparte.]	Por Dios, que he de ser leño en callar y en sufrir. Quizá con no defenderme ni contradecir a esta mujer el juez se inclinará a condenarme; y, pensando que me castiga, me sacará de cautiverio, como si por milagro se librase un cautivo de las mazmorras de Tetuán.
Procurador	Hablad más comedido, señora, y relatad vuestro negocio, sin improperios de vuestro marido; que el señor juez de los divorcios, que está delante, mirará rectamente por vuestra justicia.
Guiomar	Pues, ¿no quieren vuesas mercedes que llame leño a una estatua, que no tiene más acciones que un madero?
Mariana	Ésta y yo nos quejamos, sin duda, de un mismo agravio.

Guiomar	Digo, en fin, señor mío, que a mí me casaron con este hombre, ya que quiere vuesa merced que así lo llame; pero no es este hombre con quien yo me casé.
Juez	¿Cómo es eso?, que no os entiendo.
Guiomar	Quiero decir que pensé que me casaba con un hombre moliente y corriente, y a pocos días hallé que me había casado con un leño, como tengo dicho; porque él no sabe cuál es su mano derecha, ni busca medios ni trazas para granjear un real con que ayude a sustentar su casa y familia. Las mañanas se le pasan en oír misa y en estarse en la puerta de Guadalajara murmurando, sabiendo nuevas, diciendo y escuchando mentiras; y las tardes, y aun las mañanas también, se va de en casa en casa de juego, y allí sirve de número a los mirones, que, según he oído decir, es un género de gente a quien aborrecen en todo extremo los gariteros. A las dos de la tarde viene a comer, sin que le hayan dado un real de barato, porque ya no se usa el darlo. Vuélvese a ir, vuelve a medianoche, cena si lo halla, y si no, santíguase, bosteza y acuéstase; y en toda la noche no sosiega, dando vueltas. Pregúntole qué tiene. Respóndeme que

está haciendo un soneto en la memoria para un amigo que se le ha pedido; y da en ser poeta, como si fuese oficio con quien no estuviese vinculada la necesidad del mundo.

Soldado

Mi señora doña Guiomar, en todo cuanto ha dicho, no ha salido de los límites de la razón; y, si yo no la tuviera en lo que hago, como ella la tiene en lo que dice, ya había yo de haber procurado algún favor de palillos, de aquí o de allí, y procurar verme, como se ven otros hombrecitos aguditos y bulliciosos, con una vara en las manos, y sobre una mula de alquiler pequeña, seca y maliciosa, sin mozo de mulas que le acompañe, porque las tales mulas nunca se alquilan sino a faltas y cuando están de nones; sus alforjitas a las ancas: en la una un cuello y una camisa, y en la otra su medio queso y su pan y su bota; sin añadir a los vestidos que trae de rúa, para hacellos de camino, sino unas polainas y una sola espuela; y, con una comisión, y aun comezón en el seno, sale por esa Puente Toledana raspahilando, a pesar de las malas mañas de la harona, y, a cabo de pocos días, envía a su casa algún pernil de tocino y algunas varas de lienzo crudo; en fin, de aquellas cosas que valen baratas en los lugares del distrito de su comisión, y con esto sustenta su casa como el pecador mejor puede; pero yo, que ni tengo oficio [ni beneficio], no sé qué hacerme, porque no hay señor que quiera servirse de mí, porque soy casado; así que, me será forzoso suplicar a vuesa merced, señor juez, pues ya por pobres son tan enfadosos los hidalgos, y mi mujer lo pide, que nos divida y aparte.

Guiomar   Y hay más en esto, señor juez: que, como yo veo que mi marido es tan para poco, y que padece necesidad, muérome por remedialle; pero no puedo, porque, en resolución, soy mujer de bien, y no tengo de hacer vileza.

Soldado   Por esto solo merecía ser querida esta mujer, pero, debajo deste pundonor, tiene encubierta la más mala condición de la tierra: pide celos sin causa, grita sin porqué, presume sin hacienda, y, como me ve pobre, no me estima en el baile del rey Perico; y es lo peor, señor juez, que quiere que, a trueco de la fidelidad que me guarda, le sufra y disimule millares de millares de impertinencias y desabrimientos que tiene.

Guiomar	¿Pues no? ¿Y por qué no me habéis vos de guardar a mí decoro y respeto, siendo tan buena como soy?
Soldado	Oíd, señora doña Guiomar; aquí, delante destos señores, os quiero decir esto: ¿por qué me hacéis cargo de que sois buena, estando vos obligada a serlo, por ser de tan buenos padres nacida, por ser cristiana y por lo que debéis a vos misma? ¡Bueno es que quieran las mujeres que las respeten sus maridos porque son castas y honestas; como si en solo esto consistiese, de todo en todo, su perfección; y no echan de ver los desaguaderos por donde desaguan la fineza de otras mil virtudes que les faltan! ¿Qué se me da a mí que seáis casta con vos misma, puesto que se me da mucho, si os descuidáis de que lo sea vuestra criada, y si andáis siempre rostrituerta, enojada, celosa, pensativa, manirrota, dormilona, perezosa, pendenciera, gruñidora, con otras insolencias deste jaez, que bastan a consumir las vidas de doscientos maridos? Pero, con todo esto, digo, señor juez, que ninguna cosa destas tiene mi señora doña Guiomar; y confieso que yo soy el leño, el inhábil, el dejado y el perezoso; y que, por ley de buen gobierno, aunque no sea por otra cosa, está vuesa merced obli-

gado a descasarnos; que desde aquí digo que no tengo ninguna cosa que alegar contra lo que mi mujer ha dicho, y que doy el pleito por concluso, y holgaré de ser condenado.

Guiomar   ¿Qué hay que alegar contra lo que tengo dicho? Que no me dais de comer a mí, ni a vuestra criada; y monta que son muchas, sino una, y aun esa sietemesina, que no come por un grillo.

Escribano   Sosiéguense; que vienen nuevos demandantes.

(Entra uno vestido a lo médico, y es Cirujano, y Aldonza de Minjaca, su mujer.)

Cirujano   Por cuatro causas bien bastantes, vengo a pedir a vuesa merced, señor juez, haga divorcio entre mí y la señora doña Aldonza de Minjaca, mi mujer, que está presente.

Juez   Resoluto venís; decid las cuatro causas.

Cirujano   La primera, porque no la puedo ver más que a todos los diablos; la segunda, por lo que ella se sabe; la tercera, por lo que yo me callo; la cuarta, porque no me lleven los demonios, cuando desta vida vaya, si he de durar en su compañía hasta mi muerte.

Procurador Bastantísimamente ha probado su intención.

Minjaca Señor juez, vuesa merced me oiga, y advierta que, si mi marido pide por cuatro causas divorcio, yo le pido por cuatrocientas. La primera, porque, cada vez que le veo, hago cuenta que veo al mismo Lucifer; la segunda, porque fui engañada cuando con él me casé, porque él dijo que era médico de pulso, y remaneció cirujano, y hombre que hace ligaduras y cura otras enfermedades, que va decir desto a médico la mitad del justo precio; la tercera, porque tiene celos del Sol que me toca; la cuarta, que, como no le puedo ver, querría estar apartada dél dos millones de leguas.

Escribano ¿Quién diablos acertará a concertar estos relojes, estando las ruedas tan desconcertadas?

Minjaca La quinta...

Juez Señora, señora, si pensáis decir aquí todas las cuatrocientas causas, yo no estoy para escuchallas, ni hay lugar para ello. Vuestro negocio se recibe a prueba; y andad con Dios, que hay otros negocios que despachar.

Cirujano ¿Qué más pruebas, sino que yo no quiero morir con ella, ni ella gusta de vivir conmigo?

Juez Si eso bastase para descasarse los casados, infinitísimos sacudirían de sus hombros el yugo del matrimonio.

(Entra uno vestido de Ganapán, con su caperuza cuarteada.)

Ganapán Señor juez: ganapán soy, no lo niego, pero cristiano viejo, y hombre de bien a las derechas; y, si no fuese que alguna vez me tomo del vino, o él me toma a mí, que es lo más cierto, ya hubiera sido prioste en la cofradía de los hermanos de la carga, pero, dejando esto aparte, porque hay mucho que decir en ello, quiero que sepa el señor juez que, estando una vez muy enfermo de los vaguidos de Baco, prometí de casarme con una mujer errada. Volví en mí, sané y cumplí la promesa, y caséme con una mujer que saqué de pecado; púsela a ser placera; ha salido tan soberbia y de tan mala condición, que nadie llega a su tabla con quien no riña, ora sobre el peso falto, ora sobre que le llegan a la fruta, y a dos por tres les da con una pesa en la cabeza, o adonde topa, y los deshonra hasta la cuarta generación, sin tener hora de paz con todas sus vecinas ya parleras; y yo tengo de tener todo el día la espada más lista que un sacabuche, para defendella; y no ganamos para pagar penas de pesos no maduros, ni de condenaciones de pendencias. Querría, si vuesa merced fuese servido, o que me apartase della, o, por lo menos, le mudase la condición acelerada que tiene en otra más reportada y más blanda; y prométole a vuesa merced de descargalle de balde todo el carbón que comprare este verano; que puedo mucho con los hermanos mercaderes de la costilla.

Cirujano

Ya conozco yo a la mujer deste buen hombre, y es tan mala como mi Aldonza: que no lo puedo más encarecer.

Jucz

Mirad, señores, aunque algunos de los que aquí estáis habéis dado algunas causas que traen aparejada sentencia de divorcio, con todo eso, es menester que conste por escrito, y que lo digan testigos; y así, a todos os recibo a prueba. Pero, ¿qué es esto? ¿Música y guitarras en mi audiencia? ¡Novedad grande es ésta!

(Entran dos músicos.)

Músico   Señor juez, aquellos dos casados tan desavenidos que vuesa merced concertó, redujo y apaciguó el otro día, están esperando a vuesa merced con una gran fiesta en su casa; y por nosotros le envían a suplicar sea servido de hallarse en ella y honrallos.

Juez   Eso haré yo de muy buena gana; y pluguiese a Dios que todos los presentes se apaciguasen como ellos.

Procurador   Desa manera, moriríamos de hambre los escribanos y procuradores desta audiencia; que no, no, sino todo el mundo ponga demandas de divorcios; que, al cabo, al cabo, los más se quedan como se estaban y nosotros habemos gozado del fruto de sus pendencias y necedades.

Músico   Pues en verdad que desde aquí hemos de ir regocijando la fiesta.

(Cantan los músicos.)
> Entre casados de honor,
> cuando hay pleito descubierto,
> más vale el peor concierto
> que no el divorcio mejor.

Donde no ciega el engaño
simple, en que algunos están,
las riñas de por San Juan
son paz para todo el año.
 Resucita allí el honor,
y el gusto, que estaba muerto,
donde vale el peor concierto
más que el divorcio mejor.
 Aunque la rabia de celos
es tan fuerte y rigurosa,
si los pide una hermosa,
no son celos, sino cielos.
 Tiene esta opinión Amor,
que es el sabio más experto:
que vale el peor concierto
más que el divorcio mejor.

Fin deste entremés

Libros a la carta

A la carta es un servicio especializado para
empresas,
librerías,
bibliotecas,
editoriales
y centros de enseñanza;
y permite confeccionar libros que, por su formato y con-
cepción, sirven a los propósitos más específicos de estas ins-
tituciones.

Las empresas nos encargan ediciones personalizadas para
marketing editorial o para regalos institucionales. Y los in-
teresados solicitan, a título personal, ediciones antiguas, o
no disponibles en el mercado; y las acompañan con notas y
comentarios críticos.

Las ediciones tienen como apoyo un libro de estilo con
todo tipo de referencias sobre los criterios de tratamiento ti-
pográfico aplicados a nuestros libros que puede ser consulta-
do en Linkgua-ediciones.com .

Linkgua edita por encargo diferentes versiones de una
misma obra con distintos tratamientos ortotipográficos (ac-
tualizaciones de carácter divulgativo de un clásico, o versiones estrictamente fieles a la edición original de referencia).

Este servicio de ediciones a la carta le permitirá, si usted
se dedica a la enseñanza, tener una forma de hacer pública
su interpretación de un texto y, sobre una versión digitaliza-
da «base», usted podrá introducir interpretaciones del texto
fuente. Es un tópico que los profesores denuncien en clase
los desmanes de una edición, o vayan comentando errores de
interpretación de un texto y esta es una solución útil a esa
necesidad del mundo académico.

Asimismo publicamos de manera sistemática, en un mismo catálogo, tesis doctorales y actas de congresos académicos, que son distribuidas a través de nuestra Web.

El servicio de «libros a la carta» funciona de dos formas.

1. Tenemos un fondo de libros digitalizados que usted puede personalizar en tiradas de al menos cinco ejemplares. Estas personalizaciones pueden ser de todo tipo: añadir notas de clase para uso de un grupo de estudiantes, introducir logos corporativos para uso con fines de marketing empresarial, etc. etc.

2. Buscamos libros descatalogados de otras editoriales y los reeditamos en tiradas cortas a petición de un cliente.